LA

CORINTHIENNE

IDYLLE SOCIALE.

AVIGNON, TYP. DE TH. FISCHER AÎNÉ.

LA
CORINTHIENNE
IDYLLE SOCIALE

PAR

PHILIPPE D'ARBAUD,

AVEC

UNE TRADUCTION DE LA MAGICIENNE DE THÉOCRITE,
DIVERSES POÉSIES ET NOTES DE L'AUTEUR.

Quid leges sine moribus?
HORAT.

Que sont les lois sans les mœurs?
HORACE.

PARIS,
GARNIER Frères, Libraires, 215, Palais-National,
et 210, rue Richelieu.

1850.

A M. Charles JALABERT,

PEINTRE FRANÇAIS.

Ce poème vous a plu et quel suffrage plus flatteur que celui d'un artiste de votre talent, remarquable par son goût et son naturel, et que la plus belle antiquité instruit et inspire !

Recevez-en, aujourd'hui, l'hommage qui est celui de ma gratitude et de ma considération.

Philippe d'ARBAUD-JOUQUES.

AVERTISSEMENT.

Le poème offert au Public a été composé, il y a plusieurs années, et avait déjà paru dans deux recueils, étant encore très-imparfait, la première fois en 1845, et la seconde, l'année d'après. Ce n'est que l'année dernière, (1849) que l'auteur, se trouvant à Arles, à l'époque où le choléra y exerçait ses ravages, reprit cette composition, dans le but de se distraire de l'impression générale causée par ce fléau.

Pendant qu'il ne voulait que retoucher son ouvrage, de nouvelles idées lui survinrent. Il vit combien de richesses ce sujet fournissait, et que, sous d'autres costumes, il pouvait signaler, dans un même cadre, les vices qui, de nos jours, désolent la société, la cause qui les produit, celle qui les favorise, et enfin leur funeste conséquence. Cette manière nouvelle d'envisager le sujet donna lieu immédiatement au récit qui fut fait tout d'une haleine. En donnant cette étendue de plus au poème, l'auteur a dû retrancher des détails aussi inutiles que ce qu'il ajoutait était nécessaire. Boileau dit :

Ajoutez quelquefois et souvent effacez.

C'est qu'en effet, par les développements d'une part et les retranchements de l'autre, il s'ensuit un intérêt que des longueurs ne viennent point affaiblir.

Après avoir parlé de cette œuvre sous le point de vue littéraire, il reste à dire, en l'envisageant sous le rapport moral, qu'il ne saurait y avoir de publication plus utile dans ce genre et que ce poème résout la question contenue dans l'épigraphe qui en exprime la pensée.

Avignon, 31 *mai* 1850.

LA
CORINTHIENNE.

LA

CORINTHIENNE,

IDYLLE SOCIALE.

XANTHIS, MYCALE, magicienne,
THESTYLIS, personnage muet.

XANTHIS.

Comme le jeune épi, renversé par l'orage,
Je m'éteins, malheureuse, au printemps de mon âge,
Sans avoir de l'Amour connu que ses rigueurs.
Tous triomphent et moi, je désire et je meurs.
D'Hyppius par trois ans la pompe ramenée
S'achevait, quand l'Amour troubla ma destinée.

Des vaisseaux couronnés s'apprêtait le retour.
De sa flûte devant solenniser ce jour,
Cléariste m'entraîne avec elle à la fête
Et de branches d'anet prend soin d'orner ma tête.
Jeune et charmant vainqueur! ce n'est point un mortel,
Quelque dieu, sous tes traits, m'apparut à l'autel.
Je n'entendis plus l'hymne et sa double harmonie.
Toi seul fis disparaître à ma vue éblouie
Le temple, la victime et ce concours nombreux.
Cher et cruel objet! quoiqu'absent de ces lieux,
Tout le jour, je te vois et, quand vient la nuit sombre,
Ton image demeure et m'assiége dans l'ombre.
Hélas! je veille, en proie aux soins les plus amers.
Hier, sur le rivage, et, les yeux sur les mers,
Voyant d'obscurité la vague enveloppée,
Je rêvais, de mon sort tout entière occupée.

MYCALE.

Jeune fille, je viens à ta plaintive voix.
Tu saurais attendrir les chênes de ces bois;
Mais, quelque soit le trait dont l'Amour t'a blessée,
Quelque dieu t'a, sans doute, à ma grotte adressée.

Phanictis est ton père ; et d'abord songe bien
Qu'état, famille, nom, mon art n'ignore rien.
Pêcheur sur cette côte et né dans la Sicile,
Dans Cenchrée acheté, fidèle autant qu'utile,
D'Hégésippe mourant il eut la liberté.
Depuis, il a conduit sous ce chaume écarté
Œnarisse, ta mère. Enfin, c'est dans ton âme,
Xanthis, que j'ai surpris ce nom cher à ta flamme.
Amyclus ; et tu vas, par de folles amours,
D'une funeste nuit obscurcir tes beaux jours !

XANTHIS.

Hélas ! que diras-tu si ma bouche raconte,
Mycale, ce qui fait mon supplice et ma honte ?
Il faut parler ; écoute et prends pitié d'un cœur
Qui s'égare et chérit sa déplorable erreur.
Tu connais Cléophon, d'un sort riche et prospère.
Enfant, souvent par lui demandée à mon père,
De son fils Amyclus je partageais les jeux.
Mon père en était fier et s'estimait heureux.
Il ne prévoyait pas tout ce que la naissance
Au cœur de son enfant préparait de souffrance ;

Que ce bonheur était le rêve d'un moment.
Bientôt l'âge amena ce fatal changement.
Amyclus par son père est conduit dans Athène:
Là, de l'Académie au Gymnase on le mène ;
Comme le fils d'un grand on l'élève, on l'instruit.
Bientôt, du sacrifice au théâtre conduit,
Il voit à ses pareils quels sièges on destine.
Moi, les pieds dans la ronce, aux flancs de la colline,
Je conduisais la chèvre ou, le soir, près des mers,
Réparais les filets par la proie entr'ouverts.
Nos destins différaient: le mien était tranquille.
Enfin, aux jours sacrés, il revit notre ville:
« Cléariste, à l'autel, vois, dis-je, c'est bien lui,
» C'est Amyclus! Je veux sans témoin, aujourd'hui,
» Le voir, l'entretenir et, charmant sa mémoire,
» De nos jeux d'autrefois lui retracer l'histoire.
» Fils d'un grand citoyen et de son rang jaloux,
» Qu'importe? les dieux même ont aimé parmi nous. »
Ce discours achevé, je m'oppose et résiste
A tout prudent conseil donné par Cléariste,
Et cours, avant le soir, obtenir d'Amyclus
Un regard protecteur, hélas! et rien de plus.

Longtemps, sans m'expliquer, rencontre, obscur langage,
Soupirs même, par moi tout fut mis en usage,
Mycale, et cependant mon corps dépérissait ;
De mon teint, chaque jour, la fraîcheur s'effaçait.
Que de fois je voulus distraire ma pensée !
Mais le moyen ?.... J'aimais ; je devins insensée.
Le jour où son vaisseau l'éloigna de ces bords,
O jour ! fatal moment ! impérieux transports !
Aux apprêts j'accourus. C'est là qu'hors de moi-même,
J'osai lui déclarer.... Ma faute fut extrême,
Mycale ; je le sais. Pardonne à tant d'amour !
Lui, d'un accent plus fier qu'avant ce triste jour :
« Je trahirais ainsi les leçons du Portique ! »
Me dit-il : « Non, Xanthis ; je reverrai l'Attique :
» Là, les sens maîtrisés cèdent à la raison,
» Et le Bien qu'on recherche est digne de son nom. »
Il se tut. Je me dis : « Sa vertu se signale.
» Je le perds, mais, au moins, ne crains pas de rivale. »
Cependant, lorsqu'aux bancs les rameurs furent prêts,
Un sourire furtif décomposa ses traits.
O supplice ! Mycale, eh bien ? qu'a voulu dire
Sur cette lèvre, alors, le coupable sourire

Qu'à mes tristes regards il déguisait en vain ?
Ciel ! que penser ? Etait-ce un insultant dédain ?
L'aise d'avoir compris le pouvoir de ses charmes ?...
Il serait moins cruel : Je serais sans alarmes.

MYCALE.

Ne pleure point, ma fille. On voit, dans nos malheurs,
L'enfer, mieux que le ciel, souvent sécher nos pleurs,
Et qui sait ? En pitié prenant ta destinée,
C'est lui qui jusqu'à moi t'a peut-être amenée.
De quel étonnement tu verras, en ces lieux,
L'ingrat qui dans ton sein allume tant de feux !
De ses plus chers secrets tu prendras connaissance.
Rien ne t'échappera : tout est en ma puissance,
Hors de feindre, à la fois, la parole et les traits.
Mais, ma Xanthis, voyant que je sers tes souhaits,
Pardonne, cependant, si ma langue importune
Te rappelle qu'âgée, infirme, sans fortune,
Au tombeau je me traîne et d'un art clandestin
Que le salaire seul prolonge mon destin.

XANTHIS.

J'ai tout prévu, ma mère, et, dans notre demeure,
Pour toi de nos toisons j'ai choisi la meilleure.

D'argile et sans apprêts, ces vases que tu vois,
Où la fraise rougit, recueillie en nos bois,
A ce don je les joins. De mes larmes nourrie,
Est-il encor pour moi des douceurs dans la vie ?
Ce corail, que mon père a des flots rapporté,
Te sera chèrement à la ville acheté.
Ainsi, désespérant d'avoir le ciel propice,
J'ai recours à l'enfer et j'attends ton office.

MYCALE.

Nuit profonde, Chaos, empire redouté,
Dans trois règnes divers triple divinité,
Hécate! Dieux puissants, qui régnez sur les ombres,
Moins sévères, du fond de vos demeures sombres,
D'une amante plaintive apaisez les tourments!
Oiseau léger, reviens à mes enchantements.
   Thestylis, appelons une image adorée.
Répands l'eau. Fais trois nœuds à la laine pourprée ;
Entoures-en l'autel. Qu'exprimés par ta main,
Tous les sucs soient mêlés dans ce vase d'airain.
Enflamme ce laurier. Mais, il faut, pour me plaire,
Active, surmonter ta lenteur ordinaire,

Ne point perdre à rêver de précieux moments.
Oiseau léger, reviens à mes enchantements.
Que la farine, au feu, noircisse, consumée...
Le charme a réussi. Cette épaisse fumée,
Xanthis, va s'écarter, laissant voir à tes yeux
Le beau jeune homme, objet de tes soins amoureux.
C'est bien lui qui s'avance : observe son visage.
Voilà bien d'Amyclus la plus parfaite image,
La démarche, le port, les moindres mouvements.
Oiseau léger, reviens à mes enchantements.
Dieux! notre citadelle et sa roche hautaine!
C'est Corinthe! vois-tu notre antique fontaine,
Notre Neptune, en bronze, élevé près des flots,
Et Vénus, dans Cenchrée, en marbre de Paros?
Le fourbe est dans Corinthe! Oui, son vaisseau, je gage,
De Sicyone, au plus, atteignit le rivage.
Ses bras semblent s'ouvrir à des embrassements.
Oiseau léger, reviens à mes enchantements.
Thestylis, à l'autel, que cette laine teinte
Soit de trois nouveaux nœuds plus fortement étreinte.
Xanthis, vois cette femme, hors du nuage épais...
Dieux souterrains! Je vois à son geste, à ses traits,

Éronice, bergère, aux champs de la Sicile,
Venue, en courtisanne, habiter notre ville,
Au vin, à la débauche ardente à se livrer,
Ma fille, et l'insensé te l'a pu préférer!
Mais, rustique, est-ce l'or qui doit la rendre belle?
Par des plis grâcieux sa robe descend-elle?
Non, le goût se refuse à ses vains ornements.
Oiseau léger, reviens à mes enchantements.
Xanthis, vois... Mais déjà ce laurier se consume.
Va, Thestylis, prends l'autre et que l'ardent bitume,
Dans ses rameaux ployés introduit par ta main,
L'éclaire sur l'autel. Qu'il brunisse et soudain
S'enflamme, en éclatant d'un bruit rauque et terrible, (*)
Et rende de leur part tout mystère impossible.
Hâte-toi; quels moments furent plus précieux?

XANTHIS.

Vas-tu renouveler ces objets à mes yeux?

(*) Nec res ulla magis quàm Phœbi Delphica laurus
Terribili sonitu, flammâ crepitante, crematur.
Lucret. *De rerum naturâ*. Lib. VI.

Mais, quand de mes ennuis la cause est véritable,
Que font-ils qu'ajouter au destin qui m'accable ?
Ton art est grand ; qu'il m'offre un plus puissant secours,
Et serve tout entier à mes tristes amours.
  Tu sais, comme autrefois Médée et Périmède,
Mèler dans un breuvage un poison, sans remède,
Qui, par une main sûre, aux banquets introduit,
Précipite un mortel dans l'éternelle nuit.
Que dis-je ? En ton pouvoir est la *Naphte* homicide,
Dont l'ardeur se cacha sous le bandeau perfide
A Créüse transmis par les fils de Jason.
Qu'éprouvant les rigueurs de l'horrible poison,
Le traître... Mais, Mycale, il va perdre la vie.
Non, ce n'est point à lui, c'est à mon ennemie
De payer, en débris, l'excès de mes douleurs.
Imprudente ! sur elle il va verser des pleurs
Et je le laisse vivre et me haïr encore !
  Eh bien ! pour leur trépas mon désespoir t'implore.
D'autres dons vont payer la fin de mes tourments.
Philtres, reposez-vous. Cessez, enchantements.

SIMÈTHE

OU

LA MAGICIENNE.

SIMÈTHE

OU

LA MAGICIENNE.

IDYLLE IIe DE THÉOCRITE.

THESTYLIS, où sont les philtres ? où sont les lauriers ? Couronne ce vase d'une laine pourprée. Terrassons par nos enchantements l'ingrat qui cause mes maux. Malheureuse ! douze jours se sont écoulés, qu'il n'est venu frapper à ma porte, pour s'informer si j'existe ou si j'ai cessé de vivre. Vénus, Amour, c'est vous, dieux volages, qui avez détournés ses pas. Demain, j'irai à la palestre de Timagète, et là je verrai Delphis, je lui reprocherai sa conduite envers moi. Aujourd'hui, je veux terrasser par mes enchantements l'ingrat qui m'outrage. Toi, lune, parais dans ton plus grand éclat; je t'invoquerai. Et toi, Hécate souterraine, que les chiens redoutent, avec de longs hurlements; qui marches sur un sang noir, au milieu des tombes, prête-moi ton secours dans cette entreprise; rends ce philtre plus puissant que tous ceux qu'inventèrent Circé, Médée et la blonde Périmède. Oiseau, ramène de sa demeure, ramène-moi mon amant.

La farine est consumée. Thestylis, répands le sel. Allons donc! paresseuse! à quoi rêves-tu? Je crois, méchante, que tu te ris de mes souffrances. Allons! répands ce sel et dis: « Delphis, je jette tes os réduits » en poussière. » Oiseau, ramène de sa demeure, ramène-moi mon amant.

Delphis me consume; qu'il sente à son tour l'incendie de ce laurier. Il pétille, en s'allumant, s'enflamme, et ne laisse point de cendre: qu'ainsi il ne reste plus rien de Delphis. Oiseau, ramène de sa demeure, ramène-moi mon amant.

Cette cire se fond ; qu'ainsi Delphis, le Myndien, soit fondu par l'Amour. Ce sabot d'airain, poussé par Vénus, tourne et circule : qu'ainsi Delphis soit errant autour de mon habitation. Oiseau, ramène de sa demeure, ramène-moi mon amant.

Voici du son. Je le livre à la flamme. Diane, fléchis Radamanthe et ce que l'enfer a de plus sévère ! Thestylis, entends, dans le carrefour, les chiens aboyer. Frappe sur l'airain : la déesse approche. Oiseau, ramène de sa demeure, ramène-moi mon amant.

Les vents et la mer sont calmes ; mais mon cœur ne l'est point. Je brûle tout entière pour l'ingrat. Il m'a ravi mon innocence et ne veut pas m'épouser. Oiseau, ramène de sa demeure, ramène-moi mon amant.

J'invoque trois fois Hécate, et trois fois je répands des libations. Qu'il soit abandonné de ce qu'il aime, comme, dans l'île de Naxos, Ariadne, malgré ses beaux cheveux, fut abandonnée du volage Thésée. Oiseau, ramène de sa demeure, ramène-moi mon amant.

L'Hippomane est une plante de l'Arcadie. Elle fait galopper les cavales et les poulains sur les montagnes. Qu'épris d'une ardeur semblable, Delphis s'échappe de la palestre, et vienne, en courant, à mon habitation. Oiseau, ramène de sa demeure, ramène-moi mon amant.

Voici la bordure de son manteau : je la déchire et la brûle. Hélas ! hélas ! cruel Amour ! pourquoi t'acharner après moi, comme une sang-sue ? Pourquoi me boire mon sang noir et enflammé ? Oiseau, ramène de sa demeure, ramène-moi mon amant.

Je fais dissoudre ce lézard écrasé dans ce breuvage que, demain, je veux lui présenter. Thestylis, prends ces poisons et va en frotter le seuil de sa porte, ce seuil auquel est attaché le cœur qu'il méprise. Pars et, en partant, murmure tout bas ces paroles: « Delphis, je » jette tes os réduits en poussière. » Oiseau, ramène de sa demeure, ramène-moi mon amant.

Maintenant, me voici seule. Comment raconter mon amour ? Par où commencer ? Qui m'a précipitée dans cet abîme ? La fille d'Eubule, Anaxo, s'avançait, en tête du cortège, vers le bois de Diane, portant la corbeille sacrée. Des animaux sauvages figuraient à cette fête et entr'autres une lionne. Lune brillante ! dis la cause de mon amour.

Teucarille, de Thrace, ma nourrice, et qui, hélas ! n'est plus, demeurait alors avec moi. Elle m'entraîna à la fête et moi, malheureuse, je la suivis, vêtue d'une robe aux plis gracieux et d'une cotte prêtée par Cléariste. Lune brillante! dis la cause de mon amour.

J'avais fait la moitié du chemin et j'étais arrivée où est la maison de Lycon, quand je vis Delphis venir en compagnie d'Eudamippe. Ses joues étaient revêtues d'un léger duvet. Il quittait la palestre et ses brillants exercices. L'huile d'olive reluisait sur sa poitrine découverte et brillante comme l'astre de la nuit. Lune brillante ! dis la cause de mon amour.

Je le vis et ne fus plus à moi. Je pâlis, blessée par l'Amour, et j'oubliai la fête. Comment retournai-je à mon habitation ? Je l'ignore. Une fièvre ardente m'assaillit. Je restai, étendue et souffrante, sur mon lit, durant dix jours et dix nuits. Lune brillante ! dis la cause de mon amour.

Mon corps devint jaune comme un souci. Je perdis mes cheveux. Je n'avais plus que la peau et les os. A qui n'ai-je pas eu recours? Quelle magicienne n'ai-je pas consultée ? Hélas ! le temps s'écoulait et ma blessure était incurable. Lune brillante ! dis la cause de mon amour.

Enfin, je me confiai à Thestylis, et lui dis : « Le » Myndien est maître de mon âme. Rends-toi à la » palestre de Timagète ; c'est là que tu pourras le » surprendre, car il s'y rend souvent et on l'y trouve » souvent assis. » Lune brillante ! dis la cause de mon amour.

« Dès que tu le verras, fais-lui un signe léger, et » quand il sera venu à toi, ne manque pas de lui dire : » *Simèthe te demande*, et tu me l'amèneras. » Elle partit et revint bientôt après avec ce charmant jeune homme. En le voyant franchir d'un pied léger le seuil de ma porte, je devins plus froide que la neige. La sueur me dégouttait de tous les pores, comme par un vent chaud, une pluie fine et pénétrante. Je ne pouvais pas même bégayer, comme un enfant au berceau, qui appelle sa mère. J'étais immobile et froide comme un glaçon. Lune brillante ! dis la cause de mon amour.

Pour lui, me voyant si troublée, il baissa les yeux, s'assit au bord de mon lit et me dit : « De même que, » ces jours derniers, je devançai le beau Philinus à la » course, Simèthe, en m'appelant, tu n'as fait que » me devancer. » Lune brillante ! dis la cause de mon amour.

« J'en jure par l'Amour, ce dieu des amants : cette » nuit même, je serais venu, accompagné de quel- » ques amis, te porter des pommes, comme les » amants ont coutume d'en porter à leurs maîtres- » ses, et j'aurais attaché à ma tête, avec des bande- » lettes de pourpre, des branches du peuplier, chéri » d'Hercule. » Lune brillante ! dis la cause de mon amour.

« Nous ne pouvions qu'être heureux ensemble, » car, parmi les jeunes gens de mon âge, on a loué » quelquefois ma bonne mine. Je me serais contenté » d'un baiser sur tes lèvres, et si tu m'avais repoussé, » ou fermé la porte aux verroux, j'aurais pris un » flambeau, une hâche ; j'aurais tout brûlé, tout mis

» en pièces. » Lune brillante ! dis la cause de mon amour.

« Je rends grâces d'abord à Vénus, ensuite à toi, fille » charmante, qui, en m'appelant auprès de toi, m'as » retiré des flammes de l'Amour qui m'avaient presque » consumé. Les flammes de Vulcain sont moins dévo- » rantes. » Lune brillante ! dis la cause de mon amour.

Je crus à ses paroles. (*) Voilà qu'aujourd'hui, à l'heure où les coursiers du soleil sortent de l'Océan, précédés de l'aurore qui va parsemant le ciel de ses roses, la mère de Mélixo et de la joueuse de flûte Philiste, mon amie, est venue me voir et m'a conté mille choses différentes. Une, entr'autres, est que Delphis aime ailleurs ; mais que l'objet qu'il aime est ignoré. Si je l'en crois, il fait dans les repas, les libations que les amants ont coutume de faire ; il porte ensuite ses pas vers sa demeure dont la porte est surchargée de couronnes de fleurs. Tel est le récit que m'a fait la mère de Philiste et personne ne l'a jamais accusée de mensonge.

(*) Ici on a passé quelques détails, pour le moins très-inutiles.

Cependant Delphis cherchait ma présence, trois ou quatre fois par jour. Il me confiait le vase qui contient l'huile de la palestre. Sans doute qu'ailleurs il m'oublie. Que ces philtres le ramènent vers moi ! S'il continue à m'affliger, il ira frapper à la porte de l'enfer. O lune, il ne peut m'échapper ; car je tiens caché un poison qu'un Assyrien, mon hôte, m'a appris à composer. Jusques-là, je continuerai à supporter ma douleur. Lune vénérable, dirige tes coursiers vers l'Océan ; reçois mes adieux, déesse au front brillant, et vous aussi, astres, qui escortez le char de la paisible nuit.

DIVERSES POÉSIES.

DIVERSES POÉSIES.

ROME.

Vers écrits le 15 juin 1835, sur le balcon de la villa Médicis.

O toi, que du soleil dorent les derniers feux,
  Toi, que la gloire adopta pour patrie,
Rome, à ton noble aspect, des pleurs mouillent mes yeux.
Celui qui n'a pour toi qu'un regard curieux
      N'est animé que de la vie.

SONNET.

Immobile (*) rocher, si superbe autrefois,
Sur ta cîme appuyé, quand les airs s'obscurcissent,
D'une secrète horreur mes cheveux se hérissent,
La force m'abandonne et l'haleine et la voix.

Triomphateurs, c'est vous qu'en ce moment je vois.
Les grands bœufs du Clitumne, en avançant, mugissent,
Les chars, d'armes chargés, en montant, retentissent,
L'encens, les cris, la trompe annonçent vos exploits.

Tout change. Quel vainqueur, assis et pacifique,
Roule sur les débris de la Fortune antique ?...
Les Muses, le suivant, prodiguent leurs chansons.

C'est Pétrarque. Il me dit : « Contemple ma victoire,
» O toi, qui, dans ma langue, oses former des sons ; (**)
» Tout passe enfin, mais non le mérite et la gloire. »

(*) *Immobile rocher : immobile saxum,* dénomination donnée par Virgile au Capitole, aujourd'hui : *Santa Maria ara-cœli*. Le Capitole moderne situé au bas de la hauteur dite *la Scalinata* est l'ancienne *curie*, lieu où le Sénat s'assemblait.

(**) Allusion à des poésies italiennes de l'auteur.

TOMBEAU D'UNE COURTISANNE,

Trouvé, à Rome, dans les catacombes, peu d'années avant l'arrivée de l'auteur.

Cette pierre couvrait la belle Philomène. (*)
De Livie, en été, sous le portique frais,
On vit la jeunesse romaine
L'entourer, la servir en reine,
Après l'avoir, dans Rome, établie à grands frais ;
Et, dans ces souterrains, son nom se trouve à peine !
Sa belle âme, pourtant, égala ses attraits.
Des amants qui portaient sa chaîne
Pas un ne la vit, inhumaine,
Se faire un long plaisir de le désespérer.
Le héros de la préférence
Grava sur cette tombe, afin de s'honorer,

(*) Nom signifiant *le mois de l'Amour* de φίλεω : *J'aime* et μῆνος : *Mois*. Il ne se donnait qu'aux courtisannes ; aussi ne le trouve-t-on chez les auteurs latins que dans Térence, les lois romaines ne permettant sur la scène, pour les personnages de femmes, que des noms voués au mépris.

Un ancre. (*) Il y joignit ces flèches qui, je pense,
Sont les armes du dieu qui la fit adorer.

(*) Le mépris, à Rome, pour la prostitution publique était tel qu'on reléguait, comme indignes d'être exposés au jour, les tombeaux des courtisannes avec ceux des autres malfaiteurs dans les souterrains, appelés *catacombes*. Celui qui, dans leur vie, avait eu le plus à se louer d'elles, fesait graver sur leurs tombes des symboles relatifs à leur profession; c'était un ancre, signe d'une affection inébranlable; la flèche de Cupidon; la palme indiquant un triomphe sur un rival, ou une préférence sur plusieurs; un fouet, avec lequel l'Amour est quelques fois représenté dans les anciens bas-reliefs ou qui rappelait peut-être celui avec lequel Vénus était censée agiter le sabot d'airain dans les sortilèges amoureux; deux flèches, l'une ayant la pointe en haut et l'autre en sens inverse, indiquant la blessure amoureuse, mutuellement donnée et rendue; un lys, indiquant les bonnes qualités du cœur, etc., etc., insignes qui devaient bientôt disparaître dans une nuit profonde.

EN MER.

Juin 1826.

J'aperçois les rives de France.
Le vaisseau, qui vers nous s'avance,
Les quitte et je vois ses agrès
Chargés d'un joyeux équipage,
Ignorant que faire un voyage
C'est aller chercher des regrets.

TRADUCTION DE CALLIMAQUE.

Les jeunes filles de Samos
Vont partout demandant et cherchent sans repos
Crétis vive, enjouée, aimable et douce amie ;
Mais, ô soins ! ô vœux superflus !
Leur compagne s'est endormie
D'un sommeil que leurs voix ne dissiperont plus.

SUR LE TABLEAU DES PARQUES

DE MICHEL-ANGE,

A FLORENCE.

Janvier 1840.

Vois ces vieilles filer ; vois leur divinité,
Majestueuse encor sous les rides de l'âge.
Des cris qu'éveille en nous la tendre humanité,
Dans trois expressions, vois la diversité.
D'un ange, de Michel c'est le sublime ouvrage. (*)
Ces Parques, aussitôt qu'il eut peint leur image,
Filèrent, en retour, son immortalité.

SUR LA STATUE DE DAVID, DU MÊME.

Ce jeune homme si beau, David, l'oint du Seigneur,
Doit au fier Michel-Ange une seconde vie.
De Goliath il fut vainqueur :
Il l'est encore de l'envie.

(*) Michel, più che mortal, angel divino.
ARIOSTO.

SUR LE PERSÉE EN BRONZE DE

BENVENUTO CELLINI.

Quand Persée opposait, pour terrible rempart,
La tête de Méduse, au funeste regard,
Tout devenait ou marbre ou pierre vile.
Combien Cellini fut habile!
Seul, sans Gorgone, il sut, par l'effort de son art,
Rendre Méduse vaine et Persée immobile.

A***

Juillet 1842.

Oui, qu'Apollon me soit avare,
Ou, versant ses bienfaits sur moi,
Qu'il m'enseigne, faveur si rare,
Du vers français la docte loi,
O fleur dont Fiesole se pare,
Jeune fille, je suis barbare,
En n'étant point compris par toi.

LES ARMES D'ACHILLE.

IMITATION DU GREC.

Quand la plus noire des tempêtes
Bouleversait les flots et, mieux que les combats,
Perdait les Grecs, tonnant sur leurs coupables têtes,
Brisait et dispersait leurs vaisseaux en éclats
Sur les bancs, sur les rocs, aux ruisselantes crêtes,
La sombre mer blanchit soudain,
Recevant dans son gouffre humide
Les armes dont Achille hérita d'Eacide,
Quand de son propre sang Ajax rougit sa main.
Elle seule fut juste et ses vagues fidèles,
Sur le tombeau d'Ajax, loin des Grecs odieux,
S'en allèrent du fils des dieux
Rouler les armes immortelles.

TRADUCTION D'UN POÈTE GREC ANONYME.

Ta joue a l'éclat de ces roses ;
Leur fraîcheur habite ton sein.
Mais, trop fière, vois leur destin :
Avec l'aube elles sont écloses,
Pour passer avec le matin.

TRADUCTION DE SANNAZAR.

Télésile avec l'or fixait ses blonds cheveux.
Phœbus rougit et cacha sa lumière :
« Voyez, dit-il aux habitants des cieux,
» Nuancer l'or par l'or. C'est passer, sur la terre,
» Le pouvoir des mortels et peut-être des dieux. »

DIAGORAS ou *L'EX-VOTO.*

Qui n'entendit nommer Diagoras
Qui crut en Dieu, mais qui ne croyait pas
A la façon du Très-Saint Père Pie,
Car d'une image il fesait peu de cas. (*)
Un grec, voulant confondre cet impie,
Le mena voir, en peinture, exposé
Sur un pilier du temple de Néptune,
Certain naufrage, aventure commune,
Si ce n'était, loin du vaisseau brisé,
Nu, sur la rive, et, de force épuisé,
Un passager sauvé de l'infortune :
« C'est qu'il pria, c'est qu'il offrit des vœux,
» Dit le dévot ; croyez donc à ces dieux,
» Dans le péril, nos ressources dernières ! »
L'autre reprit : « Je voudrais aussi voir,
» Tous ceux, ami, qu'au fond laissèrent chéoir
» Les mêmes vœux et les mêmes prières. »

(*) Il fut banni d'Athènes par un arrêt de l'Aréopage, comme coupable d'impiété, pour avoir allumé son feu avec une statue d'Hercule en bois de sapin. St-Clément d'Alexandrie le place, chez les Gentils, parmi les devanciers du Christianisme.

LE BÉDOUIN. (*)

Un bédouin, Mustapha nommé,
De prêter serment fut sommé
Par-devant une cour d'assise.
Voilà mon drôle, à barbe grise,
Tournant sa face à l'Orient
Et son derrière au président
Qui le croyait fils de l'Eglise
Et tempêtait, à l'Occident :
« Regardez le juge suprême ! »
Dit celui-ci, non sans ennui,
En désignant, d'un zèle extrême,
Le crucifix pendu sur lui.
Mustapha se retourne et, blême,
S'écrie : « Allah ! congé de vous,
» Messieurs ! car vous n'êtes pas doux :
» Vous pendez jusqu'à Dieu lui-même. »

(*) Cette pièce, sur le sens de laquelle on pourrait se méprendre, ne porte que sur l'usage, qui, dans un tribunal, impose, quand il s'agit d'un serment, le culte d'une image, non seulement aux catholiques, mais à ceux dont la Foi ne l'admet pas.

LA NUIT.

STANCES.

Le repos est délicieux
Sur l'herbe qui n'est pas foulée,
Près d'un bois sombre, quand, des cieux
La nuit règne sur la vallée;

Et quand le feuillage du bois
Repose, oh! quel plaisir d'entendre
Philomèle exerçant sa voix
Folâtre et puis plaintive et tendre.

Des garçons, des filles chéri,
Vesper, c'est toi qui, solitaire,
Trembles sur l'azur assombri,
Signalant l'heure du mystère.

A mes pieds, quel nouveau rayon
S'étend et blanchit la verdure?
La lune éclaire le vallon
Et vient rassurer la nature.

Je voudrais ici t'écouter,
De la Nuit voix mystérieuse.
Je voudrais ici méditer,
O lune, à ta clarté douteuse ;

Mais en un vague et doux penser
Ma raison s'en va, convertie,
Et le sommeil vient se glisser
Sous ma paupière appesantie.

Couverts d'un voile, je vous voi,
Pré lumineux, blanche lumière...
Le sommeil s'empare de moi...
Il ferme déjà ma paupière.

LA BELLE MATINÉE.

STANCES.

Pourquoi, si matineuse, au bois,
Jeune fille, porter l'amphore?
Viens, sans tarder; viens, à ma voix,
Allégeant ton front de ce poids,
Sur ces bords, admirer l'aurore.

Ecoute comme aux flots amers
Alcyone, tendre et fidèle,
Soupire ses anciens revers.
Teinte de la pourpre des airs,
Vois comme, au loin, la mer est belle.

Sur la rive, un léger zéphir,
Pliant l'herbe, agite la plante.
La fleur lui demande un soupir,
Et lève, exprimant son désir,
Sa corolle humide et tremblante.

L'aurore est le règne des fleurs.
Vois comme sa jeune lumière
Pare le ciel de leurs couleurs;
Aspire leurs douces odeurs
Qui la suivent dans sa carrière.

Oiseaux des nuits, à son réveil,
Cachez vos aîles effrayées.
Fuyez : l'aigle sort du sommeil.
Oui ; c'en est fait ! vers le soleil
Ses aîles se sont déployées.

L'air brille. Un rayon des forêts
S'étend aux liquides campagnes.
Pêcheurs trop lents, où sont vos rêts ?
De la pêche où sont les apprêts ?
Le soleil est sur les montagnes.

L'HOMME ET LES ANIMAUX.

La vigueur et l'agilité
Furent des brutes le partage.
Le besoin et la sûreté
Font mouvoir ce ressort sauvage.
Toi seule vins l'Homme ennoblir,
Parcelle du souffle suprême,
Raison, céleste diadême.
Toi seule en roi vins l'établir.
S'il te perd, sa chûte est extrême.
Hélas ! mieux vaudrait l'instant même
Qui le détruit, sans l'avilir.

NOTES

SUR

LA CORINTHIENNE.

NOTES

SUR

LA CORINTHIENNE.

Note 1.

D'Hyppius par trois ans la pompe ramenée.

Les jeux Isthmiques se célébraient à Corinthe, en l'honneur de Neptune, sous le nom d'Hyppius qui rappelait le cheval que ce dieu fit sortir de la terre, en la frappant de son trident, lors de sa dispute avec Minerve pour la nomination d'Athènes.

Note 2.

Je n'entendis plus l'hymne et sa double harmonie.

L'*Apothête*, air religieux destiné aux grandes solennités, nécessitait l'emploi de deux chœurs, chantant alternativement la strophe et l'anti-strophe, jusqu'à l'épode où tout se réunissait.

Note 3.

Quelque dieu t'a sans doute à ma grotte adressée.

Après ce vers se trouvaient les suivants, qui étaient une traduction du discours d'Enothée, dans Pétronne :

Oui, mon pouvoir commande à ce vaste univers.
Ici, ces prés si beaux, là, ces arbres si verts,
Tout, si je veux, se change en un désert aride,
Et bientôt, par mon ordre, une sève rapide
Rend à la plaine l'herbe et le feuillage au bois.
De ce rocher brûlant, de l'antre où tu me vois
Je puis d'un nouveau Nil inonder la prairie.
Je parle : ces deux mers déposent leur furie
Et des vents à mes pieds le souffle vient mourir.
J'empêche en ces deux mers les fleuves d'accourir,
Du tigre hyrcanien d'un mot dompte la rage,
Et contiens le dragon, béant sur mon passage.
Que dis-je ? A mes accents Phébé tombe des cieux.
Son frère épouvanté d'un voile ténébreux
Couvre son front, renonce à donner la lumière,
Ramène ses coursiers et retourne en arrière.

Qui pourrait me confondre ? A mes chants solennels,
Vulcain, de tes taureaux, Pallas, de tes autels
Les feux vont s'assoupir. De Circé l'artifice
Donna leur soie immonde aux compagnons d'Ulysse.
Protée, aux mille aspects, fuit les yeux indiscrets.
Instruite, dès longtemps, de leurs puissants secrets,
Je puis au fond d'un fleuve établir des campagnes
Et transporter le fleuve au sommet des montagnes.

L'auteur, après de mûres réflexions, a dû retrancher ces vers, non-seulement comme puisés dans une source impure, mais comme d'une exagération fabuleuse, qui aurait démenti la vérité de l'action, que d'ailleurs ils auraient ralentie par leur inutilité.

NOTE 4.

J'osai lui déclarer. . . . .

Quand la passion est véritable et forte, nulle bienséance ne peut la retenir.

La vergogna ritien debile amore,
Ma debil freno è di potente amore.

Tasso, *Aminta*, *scena ultima*.

NOTE 5.

Oiseau léger, reviens à mes enchantements.

L'oiseau invoqué par Mycale, qui est le même que celui qui est invoqué par Simèthe, (voir l'Idylle traduite de Théocrite) est le Hoche-queue. Il était employé, chez les anciens, dans les enchantements qui avaient pour but de fléchir l'insensibilité ou de ramener l'inconstance. Son nom latin, dans la nomenclature ornithologique, est *motacilla* et les Italiens le nomment *cultreta*, *cutrettola* et *coditremola*. Le nom qu'il porte vient d'un léger mouvement de sa queue, remarquable de moment en moment. Son nom grec est Iynx qui était celui d'une nymphe, métamorphosée, en cet oiseau, par Junon, pour la punir d'avoir aidé aux amours d'Io et de Jupiter. Elle avait rempli non seulement le rôle d'entremetteuse, mais, placée aux aguets, elle donnait, par l'agitation de sa robe, connaissance aux amants de l'approche de Junon. Les trois couleurs du Hoche-queue qui sont la blanche, la grise et la noire, n'ont rien de décidé ; la grise toutefois domine. Il se pose d'ordinaire sur les branches inférieures ; je l'ai cependant vu se poser sur les glèbes d'un champ nouvellement labouré.

Note 6.

Fais trois nœuds à la laine pourprée.

Et plus bas :

Thestylis, à l'autel que cette laine teinte

Il est plus vraisemblable qu'il s'agissait dans les enchantements d'une laine teinte en rouge, que de cette laine de rougeur naturelle dont parle Juvénal dans sa XIIe Satire. Une laine pareille était très-rare et les enchantements très-communs.

Note 7.

Vois-tu notre antique fontaine?

Cette fontaine était célèbre. C'était dans ses eaux, que, selon la fable, Créüse s'était plongée, espérant éteindre le feu vengeur du poison qui la brûlait. Elle coulait au pied de l'Odéon, théâtre, ou plutôt établissement, où étaient disputés les prix de la déclamation, du chant et de la danse. Cette description succinte des monuments de Corinthe est prise des Corinthiaques de Pausanias.

Note 8.

Et Vénus, dans Cenchrée, en marbre de Paros.

Chose digne de remarque ! L'image de la divinité la plus dangereuse du Paganisme, venait, aux lieux réservés au triomphe de l'Evangile, s'interposer entre l'Homme et Dieu. Quand les Romains se rendirent maîtres de la Judée, elle figura au lieu même où l'Homme avait été si chèrement racheté. On la touve ici dans ce port de Corinthe, connu sous le nom de Cenchrée, où une des premières églises chrétiennes devait s'établir, et où fut écrite par St-Paul l'épître aux Romains, qui doit être regardée comme le commentaire le plus complet de la Grâce.

Note 9.

Par des plis gracieux sa robe descend-elle ?

Stobée nous a conservé le fragment d'une ode de Sapho, conçu en ces termes : « Quel charme a donc cette femme pour t'entraî- » ner sur ses pas ? Elle ne sait pas faire tomber avec grâce les » plis de sa robe. » Il est à croire que c'est le fragment d'une ode adressée à son frère pour le détourner de sa passion pour la courtisanne Rhodope.

Note 10.

Xanthis, vois..... Mais déjà ce laurier se consume.

Le lecteur voit déjà que l'unique ressort de ces prétendus enchantements est une lanterne magique que l'incendie du laurier sert à éclairer et que les apprêts dont il est, plus haut, fait mention, ne sont qu'un charlatanisme qui en impose à la personne venue pour consulter la magicienne. La lanterne magique, employée dès la plus haute antiquité dans les sortilèges et opérations magiques, passée depuis dans les initiations aux mystères, acheva, chez les peuples modernes son règne superstitieux au sein des couvents. Ce ne fut qu'au commencement du XVe siècle, qu'elle fut connue du public, la fraude en ayant été découverte, dans le procès subi à Berne par les Dominicains, à la suite duquel quatre religieux de cet ordre furent brûlés à la porte de cette ville, convaincus de s'en être servis pour exciter au crime, par la terreur, l'esprit faible d'un jeune novice. Cet instrument de tant de fourberies et de forfaits n'a plus servi depuis qu'à l'amusement de l'enfance et a pris et conservé le nom de *lanterne magique* qui rappelle son origine.

NOTE 11.

Tu sais, comme autrefois Médée et Périmède,

Personne n'ignore le nom et les aventures fabuleuses de Médée. Le nom de la seconde magicienne, est moins connu. Il ne se trouve que dans Théocrite, au commencement de la seconde de ses Idylles, plus haut rapportée et traduite, et dans Properce :

Et Perimedeâ graminâ cocta manu.

Son histoire est complètement ignorée.

NOTE 12.

Que dis-je ? en ton pouvoir, est la *Naphte* homicide,

C'est la résine de *Naphte*, au dire de Pline le naturaliste, dont Médée se servit pour exercer sur Créüse sa vengeance. Gori a fait graver un ancien bas-relief qui représente les deux fils, en bas âge, que Jason eut de Médée. Accompagnés de leur mère, ils portent sur un carré le bandeau enduit de cette résine et offrent à Créüse ce funeste présent.

NOTE

SUR LA TRADUCTION DE THÉOCRITE.

Φράζεό μευ τὸν ἔρωθ᾽, ὅθεν ἵκετο, πότνα Σελάνα.

« Dis mon amour, comment il vint, vénérable lune. »

Ici, j'ai cru pouvoir changer cette épithète en celle de : *brillante*, l'auteur grec ayant, au commencement du poëme, fait adresser par la magicienne ces paroles à la lune : *φαῖνε καλόν*, *brille avec beauté.*

TABLE DES MATIÈRES.

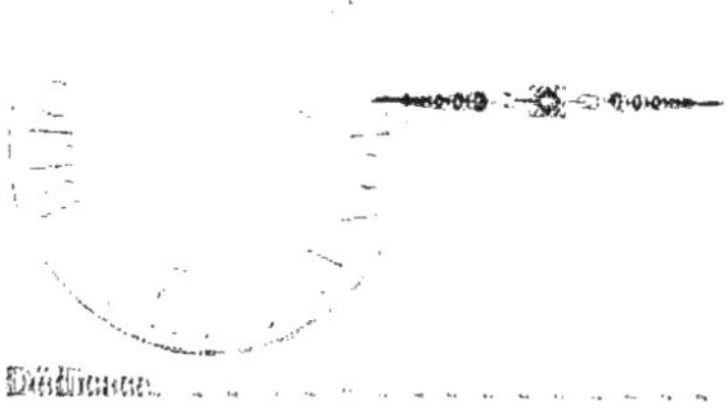

Pages.

www.ingramcontent.com/pod-product-compliance
Ingram Content Group UK Ltd.
Pitfield, Milton Keynes, MK11 3LW, UK
UKHW020113240726
13926UKWH00011B/948

9 782014 044256